LE

PALAIS-ROYAL

LE
PALAIS-ROYAL
OU LES
FILLES EN BONNE FORTUNE,

Coup-d'œil rapide sur le Palais-Royal en général, sur les Maisons de Jeu, les Filles publiques, les Tabagies, les Marchandes de Modes, les Ombres Chinoises, les Traiteurs, les Cafés, les Cabinets de Lecture, les Bons Mots des Filles, leurs Termes d'argot, etc., etc.

Déterville

OUVRAGE PLUS MORAL QU'ON NE PENSE.

Le père en permettra la lecture à son fils.

PARIS,

Chez L'ECRIVAIN, Libraire, boulevard des Capucines, n°. 1.

DE L'IMPRIMERIE DE HOCQUET.

1815.

PRÉFACE.

DIALOGUE.

LE PASSANT.

Qu'est-ce que c'est que cela?

LE LIBRAIRE.

Monsieur, c'est une brochure nouvelle.

LE PASSANT.

Nouvelle... comme si l'on fesait du nouveau à présent.

LE LIBRAIRE.

Quand je dis nouvelle, je veux dire qui paraît nouvellement.

LE PASSANT.

A la bonne heure..... Et vous appelez cela... *le Palais-Royal*... On a dejà ſait bien des choses sur cet endroit... qu'est-ce que l'auteur aura pu dire ? Qu'on y voit des *Maisons de Jeu et des Filles*, *des Marchands et des Voleurs*, *des mensonges et des Journaux*, *des Cabinets littéraires et des inbécilles, des jeunes Femmes et de vieux Libertins, des Traiteurs, des Cafés, des Peintres,* que sais-je, moi?

LE LIBRAIRE.

Eh bien, Monsieur, vous avez dit la vérité... c'est justement tout cela que l'Auteur fait passer en revue.

LE PASSANT.

Ce doit être un mauvais livre.

LE LIBRAIRE.

Pas tant que vous croyez... Il y a de quoi rire; mais il y a aussi de quoi réfléchir.

LE PASSANT.

Réfléchir sur le Palais-Royal?

LE LIBRAIRE.

Lisez-en un chapitre pour rien, et vous verrez.

LE PASSANT.

Non, j'aime mieux l'acheter. Combien?

LE LIBRAIRE.

Vingt sous.

LE PASSANT.

Vingt sous!... vous plaisentez?...

LE LIBRAIRE.

Les Libraires ne plaisantent jamais...

LE PASSANT, *prenant le livre.*

Je vais le prendre... Mais je gage que je vais encore être attrappé.

LE LIBRAIRE.

Si vous en avez l'habitude, qu'est-ce que cela vous fait?

LE PASSANT.

Je crois que Monsieur le Libraire veut faire de l'esprit.

LE LIBRAIRE.

Moi, faire de l'esprit!... Monsieur ne me connaît pas... Les Libraires se contentent d'en vendre... quand ils en trouvent encore... ce qui n'arrive pas souvent.

LE PASSANT.

Allons, je prends votre petite brochure; mais si elle ne m'amuse pas...

LE LIBRAIRE.

Oh! elle vous amusera. Vous avez l'air d'un bon vivant.

LE PASSANT.

Adieu donc... Mais si je suis attrapé...

LE LIBRAIRE.

Vous le verrez bien. Au revoir, Monsieur. Quand vous aurez besoin de quelque chose... *l'Ecrivain, Libraire, boulevard des Capucines, n°. 1.*

DU
PALAIS-ROYAL
EN GÉNÉRAL.

CHAPITRE PREMIER.

Du Palais-Royal en général.

Mercier dit, dans son *Tableau de Paris*, que le Palais-Royal est le point unique sur le globe. Visitez Londres, Amsterdam, Madrid, Vienne, vous ne verrez rien de pareil. Un prisonnier pourrait y vivre sans ennui, et ne songer à la liberté qu'au bout de plusieurs années. C'est justement l'endroit que Platon voulait qu'on assignât au captif, afin de le retenir sans geolier et sans violence, par des chaînes douces et volontaires.

On l'appelle la *Capitale de Paris*; tout s'y trouve; mais mettez là un jeune homme ayant vingt ans et cinquante mille livres de rente, il ne voudra plus, il ne pourra plus sortir de ce lieu de féerie, il deviendra un *Renaud* dans le palais d'*Armide*; et si ce héros y perdit tant de tems et presque sa gloire, notre jeune homme y perdra le sien, et peut-être sa fortune: ce n'est plus que là désormais qu'il pourra jouir; partout ailleurs il s'ennuiera. Ce séjour enchanté est une petite ville luxueuse, enfermée dans une grande; c'est le temple de la volupté, d'où les vices brillans ont banni jusqu'au fantôme de la pudeur. Il n'y a pas de guinguette dans le monde plus gracieusement dépravée ; on y rit, mais c'est de l'innocence qui rougit encore.

En faisant le tour, vous trouvez tout ce que vous pouvez désirer. Jeux, spectacles, cafés, traiteurs, cabinet de lecture, femmes très-douces et très-accommodantes à tous prix. Là, on peut tout voir, tout entendre, tout connaître; il y a de quoi faire d'un jeune homme un petit savant en détail ; mais c'est ainsi que l'empire du libertinage agit sur une jeunesse effrénée qui, répandue ensuite dans les sociétés, y promène un ton inconnu partout ailleurs, l'indécence sans passion. Le libertinage y est éternel ; à chaque heure du jour et de la nuit, son temple est ouvert et à toute sorte de prix.

Les Athéniens élevaient des temples à leurs Phrynés ; les nôtres trouvent le leur dans cette enceinte. Ce lieu est la boëte à Pandore, elle est ciselée, travaillée, mais tout le monde sait que la boëte à Pandore renfermait tous les maux.

L'art des ragoûts est à côté des hautes sciences. Les brillans chiffons du libertinage pendent à côté des instrumens qui lui deviendront nécessaires. Tous les colifichets de la mode, qui durent un jour, sont dans la même boutique avec les instrumens astronomiques les plus précieux qui durent des siècles. Un homme passe et dit en voyant cet éblouissant étalage : *Ah ! si je pouvais jouir de tout cela !* et il gémit ; un autre homme passe et dit : *Que de choses dont je sais fort bien me passer !* et il rit. Les cafés regorgent d'hommes dont la seule occupation, toute la journée, est de débiter et d'entendre des nouvelles, que l'on ne reconnaît plus par la couleur que chacun leur donne d'après son état.

Quoique tout augmente, triple et quadruple de prix dans ce lieu, il semble y régner une attraction qui attire l'argent de toutes les poches, sur-tout de celles des étrangers, qui raffolent de cet assemblage de jouissances variées, et qui sont sous leurs mains : c'est que l'endroit privilégié est un point de réunion pour trouver dans le moment tout ce que votre situation exige dans tous les genres ; il dessèche aussi les autres quartiers de la ville, qui déjà figurent comme des provinces tristes et inhabitées.

La cherté des locations, que fait monter l'avide concurrence, ruine la plupart des marchands, aussi les banqueroutes y sont-elles fréquentes.

Il est triste, en marchant, de voir un tas de jeunes débauchés, au teint pâle, à la mine suffisante, au maintien impertinent, et qui s'annoncent par le bruit des breloques de leur montre, circuler dans ce labyrinthe de rubans, de gazes, de fleurs, de robes, etc. Ils battent, dans cette oisiveté profonde qui nourrit tous les vices, les deux galeries adossées qui sont encore en bois et qui attendent une superbe décoration pour achever la beauté de cet édifice. C'est-là que tous les soirs, les femmes viennent deux à deux affronter le regards des hommes, chargées de toutes ses modes, quelquefois si fantasques, qu'elles imaginent pour quelques jours, et qu'elles renversent quelques jours après.

Les plus laides sont presque toujours celles qui se parent le plus richement, et cela droit être.

Une mère de famille n'oserait, le soir, traverser la bruyante promenade avec ses deux jeunes filles ; la vertueuse épouse, la femme honnête, n'oseraient paraître à côté de ces courtisanes hardies ; leur parure, leur tenue, leurs airs, et souvent même leurs paroles, tout les force à fuir, en gémissant sur la corruption générale des deux sexes.

On y remarque une foule de jeunes gens qui, en fredonnant, se précipitent dans les jeux, dans les cafés où l'arrogance qu'ils affectent ne peut dissimuler leur profonde nullité. Ces jeunes gens ont des physionomies toutes particulières, où se peignent des ames blasées, des cœurs froids, des passions sans plaisir et sans vigeur; le trafic des sens, le dépérissement des races, la sacrilége familiarité des enfans, qui ne regardent plus leurs parens que comme d'avares économes, dont ils désirent confusément la mort, sans oser trop désavouer cet horrible désir, voilà les vices qui marchent tête levée : on n'est plus que le vil et sot fabricateur de son fils, que la gouvernante imbécille et surannée de sa fille; et les mœurs sacrées sont abolies et même ridiculisées dans les entretiens de ces deplorables adolescens, déjà formés pour les fausses idées d'une génération corrompue, et pire que celle qui l'a précédée.

N'est-ce point là la peinture de nos mœurs dans le quartier du palais-royal?

Eh bien ! c'est Horace qui l'a tracée; mais il n'avait pas deviné les retraites commodes que la débauche furtive ou intéressée soudoie, non par heure, mais par minute. Ce calcul l'aurait surpris, et il eut alors passé ses pinceaux à un Juvénal.

CHAPITRE II.

Les Maisons de Jeu.

Les maisons de jeu sont le fléau de l'humanité : il est impossible de dire le nombre de victimes qu'elles ont immolées. Il y en a plusieurs au Palais-Royal, mais la plus en vogue est celle du numéro 113.

Que de jeunes provinciaux, de commis banquiers, de garçons de caisse, de pères de famille, ont été attirés dans cette funeste maison, et n'en sont sortis que la rage et le désespoir dans le cœur.

Il y a long-tems que le jeu est en vogue dans le monde. Presque tous les peuples de la terre, ont été plus ou moins atteints de cette funeste passion.

Les Lacédémoniens sont les seuls qui bannirent entièrement le jeu de leur république. On raconte que *Chilon*, un de leurs concitoyens, ayant été envoyé pour conclure un traité d'alliance avec les Corinthiens, fut tellement indigné de trouver les Magistrats, les vieux et les jeunes Capitaines, tous occupés au jeu, qu'il s'en retourna promptement, en leur disant que ce serait ternir la gloire de Lacédémone, qui venait de fonder Bysance, que de s'allier avec un peuple de joueurs.

Le jeu est un amusement quand on commence de jouer, mais, plus tard, il devient un vice affeux.

Mad. Deshoullière s'explique ainsi sur le jeu :

« Le désir de gagner qui nuit et jour occupe,
» Est un dangereux aiguillon ;
» Souvent quoique l'esprit, quoique le cœur soit bon,
» On commence par être dupe,
» On finit par être fripon. »

On a peint encore les *Maisons de Jeu* par le couplet que voici, et qui est fort joli :

Air : *J'ai vu partout, dans mes voyages.*

Je sors du plus honteux repaire,
Du plus abominable lieu ;
Quel affreux destin m'a pû faire
Connaître une maison de jeu.
Càverne à l'avarice ouverte,
Où l'on court le danger certain
D'être ruiné par la perte,
Ou déshonoré par le gain.

Il y a au Palais-Royal plusieurs autres maisons de jeu, entr'autres une dans le bal qu'on appelle le Panorama moral, ou *le Pince c.l.*

CHAPITRE III.

Anecdotes sur les Maisons de Jeu.

Un Anglais était depuis long-tems occupé à jouer; il perdait constamment des sommes considérables avec un sang-froid qui étonnait la galerie. Un particulier qui était auprès de lui, lui dit, Monsieur, j'admire votre résignation; je n'ai jamais vu perdre autant d'argent avec une si grande tranquillité. L'Anglais se retourna, déboutonna son habit et son gilet, et montrant au particulier sa poitrine qu'il avait déchirée avec ses ongles, il lui dit: Vous voyez, monsieur, comme je suis tranquille.

Casimir, Roi de Pologne, fut vivement outragé par un officier qui venait de perdre tout son bien contre lui. L'officier prend la fuite ; on le ramène. Le Roi l'attendait en silence au milieu de ses courtisans. « Mes amis, leur dit-il, en le voyant reparaître, cet homme est moins coupable que moi : j'ai compromis mon rang, je suis la cause de sa violence, et le premier mouvement ne dépend pas de nous. » Puis s'adressant à l'officier : « Tu te repens de m'avoir outragé? il suffit : reprends tes biens, et ne jouons plus. »

On proposait à un joueur que la fortune venait de favoriser, de servir de second dans un duel. « Je gagnai hier, répondit-il, huit cent louis, et je me battrais fort mal ; mais allez trouver celui à qui je les ai gagnés, il se battra comme un diable, car il n'a pas le sou. »

L'appât du gain entraîne dans les plus grands malheurs. Dernièrement encore un comédien qui avait touché 800 f. en avance sur ses appointemens, entra à la roulette, les perdit et se brûla la cervelle aux Champs-Elysées.

Pour donner un exemple encore plus affreux, il suffira de raconter une aventure arrivée au Palais-Royal. Un homme ayant perdu son argent, s'imagina pour le r'avoir d'un expédient épouvantable. Il plaça une boëte pleine de poudre sous la table. Cette machine infernale ayant éclaté, brisa les vitres et jeta l'épouvante dans toute l'assemblée. On l'arrêta : il avoua que le désespoir seul l'avait porté à cette affreuse résolution. Dernièrement encore pareille scène s'est reproduite ; ainsi le jeu, non seulement compromet l'existence des joueurs, mais encore celle des personnes qui peuvent se rencontrer sur son passage, tant la passion du jeu dégrade l'homme.

On a vu des joueurs vendre jusqu'au lit de leurs enfans et se tuer ensuite.

Rotrou, l'auteur tragique, poussait sa passion du jeu à un tel point, que l'orsque les comédiens lui payaient un ouvrage, il jetait son argent dans son bûcher, pour avoir plus de peine à le trouver, et par conséquent moins d'occasion d'aller jouer.

CHAPITRE IV.

Cafés.

Les Cafés les plus renommés du Palais-Royal sont le café des Aveugles, celui du Caveau, des Mille Colonnes, de Foi, Corazza, Lamblin, du Commerce, Montansier, etc.

Le café Montansier, après avoir servi de spectacles de toute espèce, est à présent le rendez-vous des militaires qui se trouvent à Paris. On y rencontre, le soir, beaucoup de filles publiques, qui vont s'y énivrer de punch avec ces militaires, ce qui le rend très-bruyant.

Le café du Caveau nous montre tous

les soirs *un Sauvage*, qui ne l'est pas plus que les filles qui s'y rendent par centaine.

Le café des Aveugle est le rendez-vous des filles du plus mauvais ton.... Aussi celles qui se croyent d'un mérite un peu plus relevé parlent-elles avec dédain des filles qui vont au *Café des Aveugles*, où, dieu merci, l'on crie comme des sourds. Si par malheur un homme comme il faut s'avise d'y entrer, il ne sait plus comment faire pour en sortir... tant ce *cloaque* est épouvantable. Heureusement la police le surveille avec la plus grande activité.

Le café de Foi est trop connu pour que j'en parle ; les glaces y sont excellentes et les faiseurs de nouvelles très-drôles : tous les bons papas en racontent de belles ; il faut les entendre *gagner* des *batailles*, en prenant une demi-tasse de *café*.... *faire cinq cents lieues* dans *la neige* les deux jambes contre *le poële*, et bivouacquer six mois dans *l'eau* jusqu'aux reins, en faisant sècher leur *parapluie à canne*.

Le café des Mille Colonnes est remarquable par le luxe avec lequel on y est servi.... Demandez-vous un verre de liqueur, on vous apporte quatre ou cinq petits carafons sur un plateau.... C'est à la bonne foi du consommateur. J'ignore si le maître a lieu de se repentir souvent de sa munificence..... La limonadière est une des plus jolies femmes qu'on puisse voir, et c'est beaucoup qu'une jolie femme dans un comptoir.

Les cafés de la Rotonde, Lemblin, Corazza, du Commerce et Lyonnais, sont assez suivis, parce qu'on y trouve bonne société et bon café.

Le reste ne vaut pas l'honneur d'être nommé.

CHAPITRE V.

Escrocs polis, filous.

Les escrocs de toute espèce, répandus dans les différentes provinces, se rendent une fois en leur vie dans la capitale, comme sur le vaste et grand théâtre où ils pourront déployer tout leur talent, frapper de plus grands coups et rencontrer un plus grand nombre de dupes.

Comme ils ont fait une étude des moyens de tromper la crédulité, ils s'attachent aux jeunes gens qui, dans l'âge des passions et de la confiance, ouvrent une ame plus docile aux insinuations artificieuses. Ils savent qu'il faut que l'œil soit d'abord frappé des couleurs de l'opulence, et ils ne négligent pas ces dehors qui peuvent en imposer.

Attentifs à saisir l'esprit des différens états, ils caressent indifféremment leurs préjugés; ils n'ont pas d'amour-propre; on les voit changer de langage selon les hommes à qui ils s'adressent. Jamais contrarians, toujours souples, patiens, flatteurs, leur langue est *dorée*, comme dit le peuple; et le peuple souvent saura mieux les reconnaître que la bonne compagnie.

Leur unique but est de s'approprier l'argent; il reconnaissent du premier coup-d'œil celui qui le possède. Ils ont toujours quelque projet, quelqu'entreprise qui doit rendre la mise au centuple. Eloquent sur ce chapitre; ils parlent de votre fortune comme d'une chose assurée ; et la leur n'est jamais incertaine.

On les entend prononcer à propos le nom des hommes en place. Ils sont instruits des anecdotes qui peuvent piquer la curiosité. Ils ne sont ni médisans ni calomniateurs ; ils ont une plaisanterie qui n'a rien d'amer , parce qu'il entre dans leur systême de joindre l'artifice des manières à l'artifice de l'esprit , et qu'ils n'en veulent à la réputation de personne, mais à la bourse des gens faciles.

L'un se mêle avec des joueurs , amorce l'un d'entr'eux par des pertes volontaires , et après l'avoir alléché , le ruine par des fraudes hardies et méditées.

L'autre loue un bel hôtel, de beaux

carrosses, descend chez les marchands, paie d'abord sans difficulté, puis suppose des commissions pour les pays étrangers. Bonne pratique. On lui offre toute sorte de marchandises ; il en use. Il vend le tout secrétement. On apporte les mémoires ; cherchez, il n'y a plus personne.

Celui-là dit jouir d'un grand crédit, montre des lettres réelles ou supposées, promet des emplois, et emprunte à ce titre.

Le plus perfide a des plans et des projets à moitié vus, à moitié adoptés par des hommes en place ; il les approche quelquefois ; on le sait ; on lui prête de côté et d'autre des sommes pour une plus facile exécution. Un jour il fait sa main, lève le pied et se sauve en Hollande, où il change de nom et où il jouit de ses vols, qu'il a accumulés sous les dehors de l'aisance, et sous le masque de la probité.

Un hypocrite, caissier des postes, il y a quelques années, vola toute la ville. Chacun perdit son argent, et n'eut d'autre satisfaction que de le voir au carcan. Echappé du collier de fer, il a acheté, du côté de Liège, de superbes terres où il vit en seigneur suzerain.

On a vu dernièrement un escroc déjà flétri, se donner pour un *baron étranger* qui faisait un commerce immence. Il se logea dans un hôtel renommé, prit à ses gages des commis, fit venir des marchands, et paru d'abord dédaigner leurs offres; il lui fallait des étoffes plus rares et plus précieuses.

Le lendemain, son valet-de-chambre, son complice, alla trouver les marchands éconduits, et faisant le portrait le plus séduisant de son maître, parla de son crédit, de sa fortune, de ses relations étendues, et le représenta comme pouvant enrichir les maisons avec lesquelles il traiterait.

On est si peu accoutumé à entendre les valets parler bien de leurs maîtres, que l'on conçut un grand respect pour le faux baron. On lui apporta les marchandises les plus rares; il n'eut qu'à choisir dans les boutiques des magasiniers.

Par réflexion tout lui convenait, parce que, disait-il, ayant reçu de nouvelles commissions, tous ces objets ne devaient passer que par ses mains, étant destinés pour les pays étrangers.

Des *revendeurs* et des *revendeuses*,

toujours prompts à favoriser la friponnerie et à effacer les traces du vol, achetèrent à vil prix ces mêmes marchandises. Et c'était là ces villes de Madrid, de Vienne, de Lisbonne, de Copenhague et beaucoup d'autres, dont il enflait ses discours.

Démasqué, il fut condamné aux travaux forcés pour neuf ans, marqué, et préalablement attaché au carcan. Son valet-de-chambre assista à l'exécution, et fut banni.

Tous ces escrocs consommés en ruses habiles, prennent le titre de *comte*, de *marquis*, de *baron*, et sur-tout de *chevalier*. Voilà pourquoi l'on dit de tel homme qui vit sans travail et sans revenus, *c'est un chevalier d'industrie*.

Après ces escrocs, viennent le filoux,

lesquels font avec la main ce que les autres font avec la langue. Ils trouvent le moyen, ou de fixer votre attention sur un objet, ou de vous susciter un embarras, ou de vous imprimer un mouvement favorable à leur coup de main, et le voleur adroit et subtil a déjà pincé votre tabatière, votre montre; vous vous en appercevez, vous criez, il reste auprès de vous sans témoigner la moindre émotion; la montre et la boëte ont déjà passé dans d'autres mains. Le filou se met à déclamer hautement contre le peu de sûreté qui règne dans les assemblées.

Quand on fait la visite chez l'un de ces drôles-là, on lui trouve cinquante-six montres, trente tabatières, vingt lorgnettes; c'est une boutique de la foire. Il n'en veut qu'aux bijoux; il laisse le vol des mouchoirs à ces petits misérables, qu'on tolère d'abord pour les enrégimenter ensuite comme mouchards. Pour lui, il est chef d'une horde qui agit sans violence dans les parterres de spectacles, et sur-tout à la sortie.

Quelquefois dans la rue un de ces filoux se met à courir de toutes ses forces, vient à votre rencontre, se précipite dans vos bras; vous le recevez pour n'être pas renversé du coup. Il vous fait mille excuses, vous lui répondez avec politesse, et pendant ce mouvement rapide il à tiré votre montre, et court encore. Vous ne vous en doutiez pas, car cet homme était bien mis.

CHAPITRE VI.

Tabagies,

Le renchérissement du vin, sa criminelle falsification ont forcé l'homme de Paris à recourir à l'eau-de-vie. Voilà ce que fait l'impôt onéreux, qui exige quatre sols d'entrée pour une bouteille de vin qui intrinséquement n'en vaut que trois. Les femmes de porte-faix, qui à Paris portent des fardeaux énormes et travaillent comme de hommes, boivent comme eux cette dangereuse liqueur. Son usage leur met le cerveau en feu, leur brûle les entrailles; mais ce sont les eaux du Léthé pour ces gagne-deniers qui noient leurs soucis avec leur raison. Les tempéramens les plus robustes sont ruinés par cette intempérance journalière : pourquoi ne leur laisse-t-on pas le vin dans toute sa salubrité ? Ils l'eussent préféré.

D'après ce goût récent et funeste, une quantité considérable de tabagies s'établirent dans tous les quartiers, surtout dans ceux habités par la lie du peuple. Vous trouvez dans ces antres enfumées, des ouvriers fainéans qui passent crapuleusement la journée à boire lentement cette liqueur meurtrière. La fumée du tabac leur tient lieu de nourriture ; c'est-à-dire, qu'elle les plonge dans une sorte d'engourdissement qui leur ôte l'appétit, ainsi que la vigueur et l'énergie.

Des fils d'honnêtes artisans vont se

perdre sans ressource dans ces asyles de l'oisiveté, où ils sont attirés par les turlupinades grossières qui s'y répètent du matin au soir; car ce lieu infecte a encore son orateur et son plaisant.

La plus remarquable de ces tabagies est au faubourg Saint-Marceau; là se réfugient pendant le jour les dégoûtantes créatures des environs du Pont-Neuf et du Louvre, pour y dépenser quelques sols arrachés à la luxure des décroteurs, des manœuvres et des filoux.

Il n'est pas rare de les voir autour d'un broc rempli d'une mauvaise eau-de-vie, pêle-mêle avec des soldats, des porte-faix et des gadouards, former un concert obscène et discordant, qui frappe sans relâche la voûte enfumée de cet odieux tripot.

Les esprits échauffés n'y sont pas toujours d'accords. Des rixes s'élèvent, et la paix ne peut guère se rétablir qu'après un combat. Alors le vigoureux cabaretier arrache de la table les champions obstinés, et les pousse dans une cour attenante, où ils vident leur querelle par une grêle de coups de poings; après quoi le vainqueur et le vaincu, reprenant leurs places, oublient le verre à la main et les injures et les coups.

Ce n'est pas sans raison que l'hôte introduit les athlètes dans cette arêne clandestine. S'il les mettait à la rue, il courrait risque de perdre le prix de l'écot, parce qu'ils pourraient, ou disparaître volontairement, ou être arrêtés par la garde et menés chez un commissaire.

Et pendant ce tems les enfans au logis crient après la nourriture qui leur manquent, pleurent sous les flèches aiguës du froid qui gèlent leurs petites mains. Le père abruti est sourd à leur voix, emporte les meubles pièce à pièce, et les vend pour se replonger dans l'ivresse.

Hélas ! qui nombrera les maux que cause l'eau-de-vie ? Je lis que dans l'Amérique les hordes sauvages se fondent par ce breuvage ; que ces peuples nus ont une fureur égale à celle de la populace de Paris pour cette enivrante liqueur. Triste rapprochement, qui fait réfléchir sur les lois qui ont défendu toutes ces boissons violentes, dont l'homme abuse si facilement, et qui lui ôtent sa force et sa raison.

CHAPITRE VII.

Le nouveau débarqué.

Rien n'est plus plaisant à voir pour le malin Parisien qu'un jeune homme échappé de la province, arrivé *par le coche*, comme l'on dit. Tout lui paraît nouveau ; il va frapper à une maison pour laquelle il a une lettre de recommandation ; il dit au portier que *son cousin* l'attend ; il salue profondément les domestiques, et pense en entrant culbuter la dame qui le reçoit : s'il s'assied, c'est de côté ou sur l'encoignure d'une chaise. Vous le distinguerez à son air étonné de tous les objets ; il craint qu'on ne dîne point, parce qu'il est cinq heures et demie ; et quand l'homme au triple menton et à panse large vient annoncer qu'on a servi, il ne sait ce que cela veut dire.

A table il ne reconnaît plus les mets, ils ont changé de noms. Ce n'est plus du veau, du mouton, du bœuf; quand le dessert paraît, il s'imagine que c'est un projet de décoration ; s'il touche un fromage glacé, il fait cinq ou six grimaces plaisantes, croyant qu'on ne pouvait jamais, en mangeant, courir d'autres risques que de se brûler. Si une dame bienveillante lui marche sur le pied, il jette un cri, en disant : *Eh! madame, vous m'estropiez !*

Quel passage, en effet, de la triste maison de province, à l'hôtel de son cousin le financier ! La femme-de-chambre est mieux mise que la dame du lieu qu'il quitte.

Quelle est sa suprise lorsqu'il voit arriver un tailleur, un bottier, un chapelier, qui vont le décrasser ! Le chapelier, le tailleur, le perruquier lui donnent une nouvelle existence; et sous cette décoration, qui ne rirait de l'étonnement que lui cause sa métamorphose? Il a grand soin d'aller se montrer au bois de Boulogne, au boulevard Coblentz, au Palais-Royal et aux Tuileries. Comme il ne sait pas encore marcher, il reçoit deux cents coups de coude qui lui font faire autant de pirouettes.

Voulez-vous jouir : menez-le à l'Opéra sans qu'il s'en doute. La brillante voiture s'offre ; à peine osera-t-il y monter. Examinez son visage avant que la toile soit levée : comme il est émerveillé de la confusion d'âges, d'états, de figures ! Observez-le encore quand la toile est levée : il laisse échapper une exclamation qui fait rire ses voisins : les yeux ouverts, la bouche béante, il n'entend pas un mot de ce qu'on chante ; mais il est stupéfait, avide, et la diversité des tableaux le plonge dans une sorte d'ivresse.

Rentré à la maison, il s'agira le lendemain de se promener à cheval. On lui amène la bête la plus douce ; à peine est-il en selle qu'il trébuche, et tous les valets de rire. Il ne le trouve pas mauvais ; il est dans cette maison sans en connaître les ressorts ; il ne connaît rien aux tracasseries régnantes, il n'a aucune idée des caractères. Si l'on parle de chevaux, de chiens, de tailleurs, de bals, de spectacles, il est muet ; il faut qu'il entre dans le service militaire pour perdre son air gauche et son maintien niais.

Au bout de six mois, une femme achève de le former; il prend l'esprit de corps, et ce même jeune homme qui ne savait ni entrer, ni marcher, ni saluer, porte la tête haute, sourit aux femmes, prend le ton décidé, et cette étrange métamorphose a été l'ouvrage de dix-huit mois.

CHAPITRE VIII.

Origine des Filles.

Rien de plus comique, quand vous montez chez des filles de joie, que de les entendre vous raconter leur origine. S'il faut les croire, pas une n'était faite pour ce vil métier, et cependant toutes le font avec plaisir. L'une vous dit qu'elle est la fille d'un riche propriétaire de Normandie, l'autre que son père est un seigneur de la plus haute importance.... Celle-ci vous raconte qu'elle a été mariée à un gros marchand du faubourg Saint-Antoine, celle-là qu'elle était destinée à un jeune avocat; cette autre vous assure que quand ses parens seront morts, elle héritera de six mille livres de rente. Il y en a qui pleurent en disant : « Mon Dieu ! » si ma mère savait le métier que je » fais... » Une vieille femme paraît, en vous disant : « Monsieur, n'oubliez pas » la bonne. » Cette bonne est la mère de la jeune fille craintive. Une autre vous dit avec mystère : « Ne parlez pas » si haut... Mon père me fait suivre » depuis quelque tems, et s'il me trou- » vait, il me tuerait... » Alors vous voyez paraître une espèce de vieux portier qui vous éclaire, en vous disant : « Monsieur, prenez-garde, il y a trois » pas. » Cet homme prévoyant est le père en question, et qui, loin de vouloir tuer sa fille, partage, le soir, avec elle, le produit de la journée.

CHAPITRE IX.

Matrones.

Terme reçu qu'on a substitué à un mot moins honnête.

Il y a des matrones de plusieurs sortes. Les filles entretenues du plus haut rang ont leurs matrones qui les accompagnent partout. C'est une dame de compagnie pour les actrices renommées, ainsi que pour les danseuses ; c'est une nourrice et une entrepreneuse pour les filles pauvres, ou pour ces beautés vagabondes qui vont de spectacles en spectacles chercher des aventure, c'est-à-dire, des soupers.

Les matrones n'ont plus besoin de metre en jeu l'art de la séduction ; la licence des mœurs modernes ; le goût du libertinage et la pauvreté, mauvaise conseillère, conduisent tout naturellement une infinité de filles chez elles.

Les matrones, dites appareilleuses, font des avances à toutes les jolies grisettes qu'elles aperçoivent. Elles tiennent une sorte de pension plus ou moins nombreuse ; et c'est dans leurs maisons que se rendent sourdement les petites bourgeoises et filles de boutiques de toute espèce, qui, pour avoir des robes et soutenir leur parure, vont passer la soirée chez les matrones.

L'étendue de Paris fait qu'elles dérobent l'irrégularité de leur conduite à leurs parens et tuteurs ; elles paraissent chastes et honnêtes, et n'en ont que l'apparence. Des femmes qui conservent dans le monde tous les dehors de la décence, se rendent aussi dans ces maisons, où le libertinage est fort à son aise.

D'autres matronnes distribuent des adresses, n'appellent les filles qu'au besoin, et les colportent en fiacre, le matin, chez les vieux garçons, les hypocondres, les gouteux, les ennuyés et les jeunes gens blâsés.

L'expérience leur ayant appris à deviner les caprices et les fantaisies des hommes, elles font jouer toutes sortes de rôles à leurs filles. La marchande de modes devient une petite villageoise nouvellement débarquée; l'ouvrière en linge est une timide provinciale toute neuve, qui a fui la cruauté insigne d'une belle-mère impérieuse. Le langage répond à l'habillement : comme nos plaisirs dépendent beaucoup de l'imagination, les hommes trompés n'en sont pas moins satisfaits.

CHAPITRE X.

Mère-Abesse.

Viennent ensuite les matrones qui ont entrepris un sérail en grand. Vous y verrez ensemble ou tour-à-tour *la façonnée*, *l'artificielle*, *la niaise*, *l'alerte*, *l'éveillée*, *l'achalandée*, *l'émerillonnée*, *l'éventée*, *la superbe*, *la follette*, *la fringuante*, *l'attifée*, *la pimpante*. Toutes les nuances sont là : *la mignonne*, *la grasse*, *la maigre*, *la pâle*, *l'ardente*, *la mutine*, et jusqu'à *la boîteuse*. Ainsi que dans les haras les coursiers ont leur surnom, de même ici chaque fille a le sobriquet qu'indiquent sa taille et sa figure.

Des matrones moins achalandées, ne pouvant avoir ni vastes appartemens, ni lits somptueux, établissent des sérails plus étroits, où les filles sont logées, nourries, blanchies. L'argent qu'elles reçoivent va à la *mère;* celle-ci ne parle que de la reconnaissance qui lui est due; elle a décrassé ce troupeau de province et des campagnes. Toutes lui doivent ce qu'elles sont. Si elles ont un déshabillé blanc pour porter dans la maison, une robe de percale pour l'été, une douillette pour l'hiver, un schall pour aller au *Théâtre de la Gaîté*, à l'*Ambigu-comique*, aux *Variétés*, à qui sont-elles redevables de si rares bienfaits? Elles devaient porter le casaquin et le tablier, avoir les mains noires et galleuses, laver les écuelles, coucher avec des rouliers; et les impertinentes ont l'ingratitude de vouloir partager dans le compte ! C'est à elles d'intéresser le coucheur et d'obtenir des rubans ou des gants : or des rubans et des gants, en style du lieu, signifie la générosité particulière qui s'accorde quand on est content.

CHAPITRE XI.

Marcheuses.

Enfin arrivent les infames *marcheuses*, vieilles matrones ruinées, échappées de l'hôpital, et ridées sous le poids des vices : ainsi que le boulet des batailles n'a ravi à tel invalide que la moitié de son corps, de même la contagion de la débauche n'a frappé qu'à demi ces victimes décrépites du libertinage. Mais il faut qu'elles vivent encore dans son atmosphère ; elles n'en veulent point d'autre. Invinciblement familiarisées avec l'incontinence et ses scènes journalières, elles raccrochent et par instinct et par besoin. Elles marchent pour les filles demeurant en hôtel garni ; celles-ci n'ont qu'une chaussure et un jupon blanc. Faut-il qu'elles exposent dans les boues leur unique habillement ? La *marcheuse* affrontera pour elle les chemins fangeux.

CHAPITRE XII.

Femmes publiques.

Ce serait à un peintre à dessiner le gradin symbolique où seraient représentées toutes les femmes qui font trafic à Paris de leurs charmes : traçons-en l'esquisse.

Au sommet l'on verrait ces femmes ambitieuses et altières, qui ne couchent en joue que les hommes en place et les financiers. Elles sont froides, elles calculent en politique ce que peuvent leur rendre les faiblesses des grands.

Immédiatement au-dessous d'elles se verraient les filles de l'opéra, les danseuses, les actrices, moitié tendres, moitié intéressées, et qui commencent à placer le sentiment où l'on ne l'avait pas encore vu.

Ensuite les bougeoises demi-décentes, recevant l'ami de la maison, et le plus souvent du consentement du mari : espèce dangereuse et perfide, qui voile et pare l'adultère de couleurs trompeuses, et qui usurpe l'estime dont elle est indigne.

Au milieu de cet amphithéâtre figurerait la race innombrable des gouvernantes ou servantes-maîtresses, cohorte mélangée.

La base en s'élargissant, offrirait les grisettes, les marchandes de modes, les petites couturières, les ouvrières en linge, les filles qui ont leur chambre, et qu'une nuance sépare des courtisannes.

Elles ont moins d'art, aiment le plaisir, s'y livrent, ne ravissent point les heures précieuses destinées aux devoirs de leur état. On les nourrit, on les divertit, et elles sont contentes, paisibles. Si elles se permettent un amant à la suite de l'entreteneur, voilà où se borne leur tromperie.

L'œil en descendant saisirait les phalanges désordonnées des filles publiques, qui garnissent impudemment les fenêtres, les portes, qui étalent leurs charmes lascifs dans les promenades publiques. On les loue, comme les carrosses de remise, à tant par heure. Elles seraient pêle-mêle confondues avec les danseuses, chanteuses et actrices des boulevards.

Le dernier gradin plongeant dans la fange montrerait les hideuses créatures du *Port-au-Blé*, de la rue *du Purgée*, de la rue *Planche-Mibray*; et le peintre, pour ne pas trop blesser les règles délicates du goût, n'en ferait saillir que la tête Ici le vice a perdu son attrait, et le frisson qui court dans les veines, dit que la débauche sait se punir elle-même.

CHAPITRE XIII.

Marchandes de Modes.

Assises dans un comptoir à la file l'une de l'autre, vous les voyez à travers les vitres. Elles arrangent ces pompons, ces colifichets, ces galans trophées que la mode enfante et varie. Vous les regardez librement, et elles vous regardent de même.

Ces boutiques se trouvent à chaque pas. A côté d'un armurier qui n'offre que des cuirasses et des épées, vous ne voyez que des touffes de gaze, des plumes, des rubans, des fleurs et des bonnets de femmes.

Ces filles enchaînées au comptoir, l'aiguille à la main, jettent incessamment l'œil dans la rue : aucun passant ne leur échappe. La place du comptoir, voisine de la vitre, est toujours recherchée comme la plus favorable, parce que les brigades d'hommes qui passent, offrent toujours le coup-d'œil d'un hommage.

La fille se réjouit de tous les regards qu'on lui lance, et s'imagine voir autant d'amans. La multitude des passans varie et augmente son plaisir et sa curiosité. Ainsi ce métier sédentaire devient supportable, quand il s'y joint l'agrément de voir et d'être vue; mais la plus jolie du comptoir devrait occuper constamment la place favorable.

On apperçoit dans ces boutiques des minois charmans à côté de laides figures. L'idée d'un sérail saisit involontairement l'imagination ; les unes seraient au rang des sultanes favorites, et les autres en seraient les gardiennes.

Plusieurs vont le matin aux toilettes avec des pompons dans leurs corbeilles. Il faut parer le front des belles, leurs rivales ; il faut qu'elles fassent taire la secrète jalousie de leur sexe, et que par état elles embellissent toutes celles qui les paient et qui les traitent avec hauteur. Quelquefois le minois est si joli, que le front altier de la riche dame en est effacé. La petite marchande en robe simple se trouve à une toilette dont elle n'a pas besoin ; ses appas triomphent et effacent tout l'art d'une coquette. Le courtisan de la grande dame devient tout-à-coup infidèle ; il ne lorgne plus dans le coin du miroir que la bouche fraîche et les joues vermeilles de la petite qui n'a ni Suisse ni aïeux.

Plus d'une aussi ne fait qu'un saut du magasin au fond d'une berline anglaise. Elle était fille de boutique ; elle revient un mois après y faire ses emplettes, la tête haute, l'air triomphant, et le tout pour faire sécher d'envie son ancienne maîtresse et ses chères compagnes.

Elle n'est plus assujettie au comptoir ; elle jouit de tous les dons du bel âge. Elle ne couche plus au sixième étage dans un lit sans rideaux, réduite à attraper en passant le stérile hommage d'un maigre clerc de procureur. Elle roule avec le plaisir dans un leste équipage; et d'après cet exemple, toutes les filles, regardant tour-à-tour leur miroir et leur triste couchette, attendent du destin le moment de jeter l'aiguille et de sortir d'esclavage.

CHAPITRE XIV.

Les Rubans.

On ne peut se faire une idée des moyens que les femmes employent à Paris et au Palais-Royal pour faire commerce de leurs charmes. La galerie vitrée du Palais-Royal est remplie de boutiques de marchandes de modes, qui, pour faire le métier avec décence, ont imaginé un moyen assez plaisant. Vous passez devant une boutique, vous voyez rangées autour d'un long comptoir, une ribambelle de modistes, toutes plus piquantes les unes que les autres... on en voit des *brunes*, des *blondes*,

des *chataignes*, voir même des *rousses*, pour les amateurs, car comme dit un vieil axiome : *tous les goûts sont dans la nature.*

Ces prêtresses de Vénus sont toutes accublées de chapeaux ou de bonnets, auxquels sont adaptés des rubans de toutes les couleurs, *blancs*, *bleus*, *rouges*, *ponceaux*, *oranges*, *etc. etc.*... Vous entrez modestement en saluant la dame de la maison, vous lancez un regard sur toutes les jolies ou vilaines figures que vous rencontrez ; si la belle qui a *le ruban bleu* vous plait, vous dites à la maîtresse : « Madame, je vou-
» drais avoir un chapeau avec un *ruban*
» *bleu.* On vous répond très poliment :
» Monsieur, montez au magasin, ou si
» vous souhaitez, on ira chez vous.
Si vous êtes garçon et que vous vouliez

donner audience à une *innocente modiste*, vous répondez : « volontiers, ma-
» dame ; si vous voulez m'envoyer
» demain matin le *chapeau bleu*, je
» ne sortirai pas de chez moi de la
» matinée ; je m'appelle Adonis, je
» demeure, rue Feydau. Ce qui est dit est fait, et le lendemain on frappe à votre porte, vous ouvrez.... c'est le *ruban bleu qui vous arrive* . . . heureux pour vous quand *la couleur* ne change pas au bout de la quinzaine. Vous pouvez de cette manière, passer en revue toutes les nymphes qui composent l'étalage de certaines boutiques du Palais-Royal.

CHAPITRE XV.

Courtisannes.

On appelle de ce nom celles qui, toujourt couvertes de diamans, mettent leurs faveurs à la plus haute enchère, sans avoir quelquefois plus de beauté que l'indigente qui se vend à bas prix. Mais le caprice, le sort, le manège, un peu d'art ou d'esprit mettent une énorme distance entre des femmes qui n'ont que le même but.

Depuis l'altière Laïs qui vole à Long-Champ dans un brillant équipage (que sans sa présence licentieuse on attribuerait à une jeune duchesse) jusqu'à la *raccrocheuse* qui se morfond le soir au coin d'une borne, quelle hiérarchie dans le même métier ! Que de distinctions, de nuances, de noms divers, et ce pour exprimer néanmoins une seule et même chose ! Cent mille livres par an, ou une pièce d'argent ou de monnoie pour un quart d'heure, causent ces dénominations qui ne marquent que les échelles du vice ou de la pro fonde indigence.

On peut placer les courtisanes entre les femmes décemment entretenues et les filles publiques. Un auteur les a très-bien définies. « On les prendrait, » dit-il, pour les femelles des courti- » sans ; elles ont effectivement tous les » mêmes vices, emploient, les mêmes » ruses et les mêmes moyens font un » métier aussi désagréable, ont autant

» de fatigues, sont aussi insatiables ; » en un mot, ressemblent parfaitement » à leurs mâles. »

CHAPITRE XVI.

Filles entretenues.

Au-dessous des courtisanes par le rang, elles sont moins dépravées. Elles ont un amant qui paie, dont elles se moquent, qu'elle rongent et dévorent, et un autre à leur tour, qu'elles paient, et pour lequel elles font mille folies.

Ou ces femmes deviennent insensibles, ou elles aiment jusqu'à la fureur. Alors elles paient à l'amour le tribut d'un cœur délicat. Sur le retour, elles ont la rage de se marier. Ceux qui préfèrent la fortune à l'honneur, les épousent et s'avilissent. Ces épouseurs sont ordinairement un petit violon, un médiocre peintre, un mince architecte.

On ne dit point en Perse (selon le marquis d'Argens) la *Zaïde*, la *Fatime*; mais la *cinquante tomans*, la *vingt tomans*. (Un *toman* vaut quinze écus de notre monnoie.) De même, ajoute-t-il aux noms de nos filles entretenues, on devrait substituer ceux de la *cent louis*, la *cinquante louis*, la *dix louis*, etc. le tout pour l'utilité publique et l'instruction des étrangers, qui paient fort souvent à un prix excessif, ce qui est à très-bon marché pour tout le monde.

CHAPITRE XVII.

Galeries.

Le Palais-Royal étant le rendez-vous de tous les vices de la capitale, c'est le soir surtout qu'il faut le voir pour le juger : filles, joueurs, escrocs, marchands de livres obscènes, vieilles pourvoyeuses, mouchards, voleurs, toutes les classes se trouvent en confusion dans les galeries; on vous coudoie, on vous heurte; le joueur qui a perdu le dernier écu qui lui restait, repousse avec colère la fille qui cherche à l'agacer, tandis que celui qui a gagné, prend sous son bras la nymphe qui lui offre tous ses charmes pour cinq francs.

Le Sauvage du café du Caveau fait un sabat à fendre les oreilles... La bière, le punch, les liqueurs échauffent tous les esprits; la vieille *pourvoyeuse* jure de ne pouvoir raccrocher une pratique, tandis que l'escroc sourit en accrochant une montre ; le marchand vous dit : « Monsieur, la liste de toutes les jolies » femmes de Paris. » Le *mouchard* observe tout le monde et voudrait pouvoir connaître l'opinion des gens qui ne disent même rien. Quand vient minuit, le bruit cesse petit-à-petit, les galeries deviennent désertes... les boutiques sont fermées, excepté deux ou trois endroits privilégiés, tels que le pince c..l sentimental... une maison de jeu... une buvette; le plus grand silence règne partout, et l'on finit par n'entendre de loin-en-loin que les hurlemens de quelques filles que l'excès des liqueurs ont rendu furieuses, ou les cris de quelques infidelles à qui leurs amans donnent une petite correction amicale.

CHAPITRE VIII.

Anecdote.

Auguste et Henri se trouvant un peu retardés au Palais-Royal, formèrent le projet de monter chez deux Nymphes de ce séjour enchanté... Aglaé et Héloïse font à nos deux étourdis un sit! sit! sit!... qui les affriande... Ils montent donc chez nos aimables syrênes, prennent chacun leur chacune... passent la nuit dans les plaisirs... Mais lorsque, le lendemain, la clarté du jour eut pénétré à travers l'heureuse alcove, sombre asile du mystère, notre sage en qui la réflexion avait détruit le charme de l'illusion, se leva avec précipitation, s'habilla à la hâte, et s'empressa de fuir un lieu qui lui faisait horreur. Henri dormait encore dans les bras d'Aglaé, lorsque l'ingrat Auguste délaissa l'aimable Héloïse. Celui-ci ne le rejoignit qu'au soir ; en vérité, lui dit-il, je commence à désespérer de ta conversion. On n'a jamais vu abandonner ainsi celle qui nous accorde sa bienveillance aussi galamment. Ton procédé est bien celui d'un provincial ; il y en a mille autres qui ne croiraient pas payer trop cher une pareille nuit, en sacrifiant tout ce qu'ils possèdent ; et toi, moderne Joseph, tu t'en veux d'avoir cédé aux caresses d'une jolie femme. Allons, allons, si tu veux mériter désormais l'honneur de servir sous l'étendart de la beauté, il faut bannir ces remords puérils, qui sont le partage d'un être borné et pusillanime. Pour effacer ta faute, retournons à Montansier, il faut que j'achève ton instruction.

Auguste s'imaginant qu'il n'aurait plus sujet de se ressouvenir de ce qui s'était passé, se promettant bien d'ailleurs d'éviter la récidive, retourna avec son ami, comme la veille, à son lieu d'observation. Ils n'y furent pas plutôt arrivés, qu'une nymphe à petits pieds et à taille migonne s'approcha d'eux, en leur posant sous le nez, un bouquet qu'elle tenait à la main, et en les invitant à lui payer des oranges; le garçon limonadier passa précisément dans ce moment, tenant à la main une corbeille de bonbons, de biscuits et de fruits glacés. Il n'y avait pas à s'en défendre; les instances de la belle furent si pressantes, que l'écu de six francs y passa. Après leur avoir débité avec effronterie, mille quolibets, sans motifs et sans suite, elle fit la pirouette, en leur jetant au nez, pour remercîment, l'écorce de leurs fruits. Cet accueil fut nouveau pour Auguste. Voilà, lui dit Henri, le genre de ce qu'on nomme filles publiques; tu vois qu'il est aisé de les reconnaître par leur impudence et surtout par leur mise lascive. De même qu'un marchand expose aux yeux des passans, l'élite de son magasin; de même, ces commerçantes en plaisirs, exposent à découvert, aux yeux de l'acquéreur, les charmes dont la nature les a pourvues, et sur lesquels elles spéculent avec tant de succès. Ce foyer est un sérail complet, dans lequel le célibataire, pour son demi-louis, n'a que l'embarras du choix. Un coup d'œil, lancé adroitement à la belle, est suffisant, et le soir vous êtes sûr d'avoir son bras. Ces sophas, que tu vois commodément placés, ne servent qu'à la passation du contrat. C'est sur eux que le marché se conclut, et que l'on convient des conditions du traité. Alors les plus pressés d'entrer en jouissance, disparaissent sans qu'on fasse la plus légère attention à eux; mais peu de tems après, l'active prêtresse reparaît encore plus rayonnante qu'auparavant, et toute disposée à faire ainsi plusieurs voyages dans sa soirée.

Ce détail fournit à Auguste matière à une foule de réflexions qu'il eût bien communiqué à son guide dans tout autre tems; mais le souvenir de sa propre faiblesse et de son aventure de la veille, lui imposait silence. Cependant il se hasarda à lui demander comment il était possible qu'un homme délicat et prudent pût se déterminer à payer honteusement des faveurs aussi profanées. Cela n'a rien d'étonnant, lui répondit Henri, ces sortes de marchés se font ouvertement. Autrefois on ne parlait à une fille que dans l'ombre de la nuit, aujourd'hui on l'aborde publiquement. On n'est plus du tout étonné de la voir dans un spectacle ou dans une promenade choisie donner le bras à celui qui jadis eût rougi de lui parler en secret. On s'en est fait un jeu, une habitude ; on n'y songe plus. Le lieu où nous sommes est uniquement consacré aux arrangemens que l'on contracte avec ces sortes de divinités. On en trouve ici de tous les prix, de toutes les tailles et de toutes les couleurs. On les voit fourmiller, se reproduire, se croiser dans les galeries, escaliers et corridors les plus dérobés. L'une se félicite avec l'amant en second du tour qu'elle a joué à l'amant en titre; l'autre assure le vieillard de son attachement pour lui en soupesant le poids de sa bourse. Une troisième s'empare adroitement de l'étranger qu'elle convoite et qu'elle se dispose à dégourdir, ou à qui elle glisse adroitement son adresse. Enfin toutes ont le même but, celui d'attraper quelques misérables écus qu'elles dépensent au fur et à mesure qu'elles les gagnent. Voilà pourquoi on les voit en peu de tems tomber dans la plus grande détresse. Leur règne n'est pas long. C'est ordinairement l'affaire de deux ou trois ans. On en a vu débuter ici avec le coloris, la fraicheur et tous les charmes de la jeunesse ; mais se faner, se flétrir en quelques mois, et être obligées d'aller ensuite dérober dans l'obscurité des rues le ravage qu'ont fait chez elles leurs débauches et leurs désordres.

Ce tableau affecta profondément Auguste — Comment se peut-il, dit-il à Henri, que des êtres qui sont les chefs-d'œuvre de la divinité, et faits pour assurer le bonheur de l'homme, se laissent conduire à cet excès d'avilissement ? — Si à ton tour, nouvel Héraclite, lui dit en riant Henri, tu t'avises de te lamanter et t'appitoyer sur les erreurs de la pauvre humanité, tu auras trop de larmes à répandre. Fais comme moi, ris de ses égaremens, et amuse-toi de ses ridicules. Tiens, voilà de quoi te divertir. Admire ce balcon garni d'un bout jusqu'à l'autre, de femmes demi-nues qui viennent se ranger et s'offrir aux regards des amateurs; ce spectacle n'est-il pas attrayant ? Remarquez d'ici tous les yeux fixés sur elles et toutes les lorgnettes braquées de leur côté. Cela ne les intimide pas; elle font bonne contenance, et provoquent par leurs agaceries, les désirs des connaisseurs. Ici, tu vois *Lise* et *Dorothée*; là, *Flore* et *Joséphine;* à droite, *Aglaure* et *Rosalie;* à gauche, *Antoinette* et *Honorine;* derrière nous, *Cécile* et *Mélanie;* devant, *Corine* et *Julie;* plus loin, *Destude* et *Belleval.* Observe que toutes sont prêtes à faire au moindre signe un petit acte de disparition. — Je serais curieux, interrompit Auguste, de savoir si ces sortes de créatures ont une opinion politique !

— Sans doute elles en ont une, reprit vivement le narrateur, et qui plus est, une des plus prononcées. — Je gagerais en ce cas que cette opinion est bonne. Ma foi, répondit Henri, tu as une sorte de raison... les filles ont naturellement un penchant vers la bonté, aussi, malgré les progrès de la révolution, elles sont presque toutes royalistes... Il en est même qui, à certaines époques, ont montré beaucoup de courage et d'humanité. Malgré la misantropie d'Auguste, il ne put s'empêcher de rire de tout son cœur, en apprenant qu'à Paris les filles publiques avaient aussi une opinion politique. — C'est aussi sans doute par bon ton, dit-il à son ami, que ces demoiselles s'avisent de se déchaîner contre notre constitution? Malgré le peu d'importance de pareils personnages, je suis étonné que la police n'en fasse pas justice. — La raison en est bien simple, répondit Henri : la police protège leur rassemblement pour assurer le repos du reste de la société. C'est comme un amas d'eaux impures et pestilentielles auxquelles il est à propos de ne laisser qu'un seul lit d'écoulement ; d'ailleurs le gouvernement ne s'abaisse pas jusqu'à s'occuper de ces dames, et il se contente de faire veiller sur leur conduite. Mais comme les trois quarts des agens de police sont leurs dignes amoureux, et qu'elles comptent beaucoup sur leur indulgence, elles s'arrogent le droit de déclamer hautement contre les principes. Cependant pour les rendre un peu plus patriotes, on les envoie de tems en tems faire un petit séjour dans quelques maisons nationales;

mais le correctif n'a plus de force, il n'y a pas de remède à la gangrène, et la fille qui a débuté au Palais-Royal sera toujours fille.

CHAPITRE XIX.

Bons mots de ces Demoiselles.

Un jeune paysan devant une fille du palais qui avait un embonpoint remarquable, et surtout une *gorge* d'une grosseur prodigieuse, se jeta dans *la gorge* de cette malheureuse. Parle donc, dit la fille au jeune étourdi, est-ce que tu ne vois pas *clair?* Non, répondit le plaisant : les *vessies ne sont pas des lanternes.*

Veux-tu monter chez moi? disait une malheureuse de la Halle-aux-blés à un grenadier ? Je n'ai pas de monnaie, *je n'ai qu'une pièce de douze sous...* *Monte toujours*, lui répondit la fille : je te changerai.

Une fille qui faisait son commerce dans les pierres, dit à un homme qui venait à elle... *Tu fais bien d'arriver, car j'allais fermer.*

Une autre disait à un homme qui voulait la battre. Tu n'est qu'une *merde*, et j'en *mangerais* dix comme toi.

Une fille qui voulait faire sa belle,

disait, en parlant de son amant : je lu plus, il me put et nous *nous plumâ-mes.*

Une grosse fille, en colère, disait à une autre : tiens, je voudrais te manger l'âme ? — Tu voudrais me manger l'â-me ? mais par le trou de mon c.l gourmande, tu es sûre d'y trouver de la moutarde.

Une autre est assignée chez le com-missaire pour avoir donné un soufflet à un homme : le clerc la condamne à trois francs d'amende. — Trois francs pour un soufflet ! dit-elle, ce n'est pas trop cher. Elle jette six francs sur le bureau et appliquant une vigoureuse *giffle* au clerc du commissaire. Tenez, çà sera pour deux.

Une fille de joie se disputant au coin de la rue du Mail avec un homme, la garde les arrête tous les deux, et les conduit chez le commissaire pour s'expliquer. La fille prend la parole.... C'guerdin-la, monsieur le Commissaire, c'est un gueusard; moi, je me promenai tranquillement au coin de la rue du Mail; y s'en vient à moi, y m'prend.... moi, je le laisse faire, c'est mon état; mais c' filou-là en farfouillant, y m'esbinge mon mouchoir, et v'là l'coup.— Monsieur le commissaire, interrompt l'homme, c'est une vaison du second, qu'ci c'était par égard pour votre écharpe, je lui ferions cracher l'âme. Toi, guerdin! n'm'approche pas seulement, ou je te repasse un coup de pied dans les . . . dans les parties nobles de l'homme.

Un plaisant disait qu'on avait tort de dire du mal des filles de joie, car elles avaient pour elles *la voix publique.* (*voie.*)

Réclamation d'une veuve à un chef de bureau de la préfecture.

« La veuve C***. a l'honneur de vous exposer que le 5 avril dervier, Rosalie C***., sa fille, fruit de son premier mariage, âgée de dix-sept ans, a quitté le toit paternel sous lequel elle habitait conjointement avec moi, pour entrer dans la carrière *vicieuse* qu'elle a malheureusement *parcourue*, et dont elle *jouit.* En ce moment, étant très-*malade* à l'hôpital Saint-Louis.

» Que la réclamante, accablée sous le poids de la douleur et l'affaissement de la sensibillité, relativement au sort de sa fille, vous supplie de vouloir bien la lui accorder, afin de pouvoir lui donner les soins d'une mère tendre et fidelle, qui, depuis la fatale époque où sa fille a *mal tourné, le* 5 *avril*, ne cesse d'arroser, jour et nuit, de ses larmes la chaîne de ses disgraces ; que sa fille, après avoir fait la triste expérience du malheur, pourra faire un retour bien sincère vers le sentiment des vertus et de la sagesse, après avoir été trois fois au couvent, avoir eu une éducation propre et soignée.

» Cette *jeunesse*, dans l'aurore de son printems; pourra faire la consolation des *vieux jours* de sa mère, qui est encore assez *jeune* pour en jouir longtems.

» Elle promet en outre de *changer* de vie.

» Monsieur, daignez croire aux sentimens d'une mère qui n'a pas été *maîtresse* d'un premier mouvement, et qui est votre *servante* bien sincère. »

Parmi les filles prostituées, on en rencontre beaucoup qui ont souvent des reparties fort heureuses. Un soir, une très-jolie femme sortait du théâtre de *Brunet*, lorsqu'il était au Palais-Royal, et dit au cocher : « *Cocher, cheux nous*.... Une fille entendant cela, se mit à dire : « *Voilà une femme qui est tombé du quatrième étage dans une voiture sans se blesser.* »

Une grisette disait à un tapissier : vous savez bien ce lit que vous m'avez vendu soixante francs ? Hé bien ! ... j'ai gagné plus de cent louis dessus.

Une fille de joie donnait ainsi son adresse à un amateur : je demeure rue des *Quatre-Vents*, numéro *cent*, sur le *derrière* ; il y a deux Sophie dans la maison : Sophie *l'Arsouille* et Sophie *la Merdeuse*. Ne confonds pas ; tu monteras jusqu'à ce que tu voies les commodités ; c'est un étage au-dessus, c'est moi qui suis la *Merdeuse*.

Un militaire étant couché avec une fille qui avait une mauvaise haleine, se lève brusquement, tire son épée, et s'escrime sur tous les meubles de la chambre. Que fais-tu donc, lui demanda la belle ? Morbleu, reprit le militaire, je cherche le coquin qui t'a ch... dans la bouche.

Une fille disait à un homme à qui elle

en voulait : tu n'est qu'un mauvais sujet, tu as ruiné ton père, il était marchand de m.... et tu as mangé le ſond de boutique.

CHAPITRE XX.

Monsieur, voulez-vous vous asseoir?

Quand le soleil se couche et que le jour est tombé... le Jardin du Palais-Royal devient quelquefois le laboratoire de Vénus!

Les filles d'un rang moins distingué que celles qui se promènent dans les galeries, trouvent encore après elles le moyen de grapiller : l'une se promène, quelque tems qu'il fasse, et ne reçoit souvent que la pluie et la neige, l'autre dans la saison de l'automne, s'asseoit à l'ombre des petits arbres qui bordent les allées... là. . elle attend le chaland... quand elle voit passer un homme qui a l'air d'être fatigué, elle lui dit avec un sourire aimable : » *Monsieur, voulez-vous vous asseoir,* » *voici une chaise?*... le jeune homme ou le vieillard, s'assied auprès de la belle délaissée... on entend la conversation, on parle d'affaire et d'autres et d'encore en encore... on finit par ne plus se parler... mais on s'entend très-bien.. le plus étonnant de la chose, c'est que souvent, l'homme qui reste assis une demi-heure auprès de sa dame qui lui offre une chaise, se relève plus fatigué qu'il ne l'était auparavant de s'asseoir.

CHAPITRE XXI.

Séraphin et les Ombres Chinoises.

Séraphin est encore une grande ressource pour les filles, les grisettes et les bonnes d'enfans; on y donne plus d'un rendez-vous, attendu qu'il est rare que l'on y rencontre des personnes de connaissance, à moins qu'elles n'y viennent pour le même motif, alors on n'en examine pas les indiscrétions.

Les Ombres Chinoies sont un petit spectacle fort intéressant et la réputation de *Séraphin* est trop bien établie, pour que j'aie la prétention de faire son apologie.

Je me contenterai de dire que beaucoup de *filles*, qui demeurent non-loin du Palais-Royal, se servent de la salle de M. *Séraphin* pour faire autre chose, que pour voir les Ombres-Chinoises, attendu que ces dames qui s'attachent aux solides, aiment mieux les *corps* que les *ombres*.

Les grisettes y vont quelquefois, pour faire des connaissances honnêtes, et les bonnes-d'enfans pour entretenir celles qu'elles ont faites.

La petitesse de la salle, l'innocence du spectacle, l'obscurité que demande certain genre d'ouvrages qu'on y représente, tels que les *Ombres Chinoises et les Feux Pyriques*, tout concourt à rendre ce petit endroit fort commode. Quoi de plus innocent ! les enfans rient, tout haut, et les bonnes *s'amusent tout bas*.... Par ce moyen, chacun s'en va content.

CHAPITRE XXII.

Ruses des Filles.

Les *Filles* qui sont chez des *Matrones*, et que ces femmes habillent et nourrissent, sont obligées de remettre à ces misérables, l'argent qu'elles reçoivent des hommes, auxquels elles accordent leurs faveurs; mais elles employent toutes les ruses possibles pour dérober quelques pièces de monnaie à l'avidité des matrones qui n'entendent pas raison sur ce point là.

Tantôt elles cachent une pièce de monnaie dans leurs souliers ou dans leurs corsets; tantôt elles prient l'homme qui est monté avec elles de rester, le moins de tems possible, alors, elles disent à la vieille... Monsieur n'a pas voulu rester... alors l'argent leur reste.

Il est des filles qui ont beaucoup d'amour-propre, ou du moins qui feignent d'en avoir; quand un *miché* ne les paye pas aussi généreusement qu'elles l'espéraient, elles s'écrient avec feu : » par exemple, monsieur, pour qui » me prenez-vous?.. c'est sans doute » pour la bonne; tenez, disent-elles » avec fierté, monsieur vous donne » cela pour vous. »

La bonne prend l'argent, le monsieur s'en va; mais à peine est-il au bas de l'escalier, que la fille rappelle la bonne, celle-ci rend la pièce de cent sols, la fille lui en donne une de dix sols. . . c'est ainsi que cela s'arrange. La vanité de la fille est mise à couvert, la bonne gagne dix sols, la maitresse quatre livres dix... et voilà!..

CHAPITRE XXIII.

Traiteurs, Restaurateurs.

Les plus mauvais Traiteurs et les meilleurs sont au Palais-Royal... C'est à quatre heures du soir qu'il faut voir devant le Café de la Rotonde, trois mille personnes rassemblées, attendre le signal. Mais hélas ! tous ne prennent pas la même direction. *Véri*, *les Frères provençaux*, *Beauvilliers*, *le Café de Chartres*, sont remplis en moins d'un instant, par *les Banquiers*, *les Généraux*, *les Anglais*, etc. . et tous ceux qui peuvent manger *un napoléon* à leur diner. D'autres traiteurs moins renommés, sont garnis de courtiers de commerce, et les modestes employés, les auteurs, les bons bourgeois descendent modestement *chez Piat au Caveau*, où pour la modique somme de trente sols, ils dinent très bien, sauf à payer le vin à part, sinon ils boivent une *bouteille de vin de champagne*, j'entends par *vin de champagne*, une bouteille de bière mousseuse. D'autres petites gargottes entourent le Palais-Royal; elles sons le rendez-vous des cochers de fiacres, des souteneurs de filles et des filles même de la dernière condition.

CHAPITRE XXIV.

Décroteurs.

Les Boutiques des décroteurs du Palais Royal sont presqu'aussi belles que celles des bijoutiers et des marchandes de modes. Plusieurs personnes se plaignaient de ce luxe là, elles ont tort.

Air : *de la Croisée.*

On méprise les décroteurs,
Et moi vraiment je les estime,
Ce sont d'honnêtes serviteurs
Que l'on ne peut blâmer sans crime.
De lui même tout glorieux,
Plus d'un jeune homme de famille,
Doit à leurs soins ingénieux
Tout *l'éclat* dont il brille.

Et c'est en voyant sortir beaucoup

de gens *cirés à l'anglaise*, et qui n'ont pas un écu dans leur poche que l'on peut dire : « *tout ce qui reluit n'est pas or.* »

CHAPITRE XXV.

Cabinets de lecture.

La manie de lire gagne tout le monde, et on trouve au Palais-Royal de quoi nourrir cette manie ; il y a plus de vingt *Cabinets de lecture*. . . tant *sous verre*, *en plein vent*, *qu'en espalier*. Il faut voir cette foule de désœuvrés s'arracher les journaux ! . . la rentière va lire quel jour on paira son quartier du tiers consolidé ; le militaire, si l'on va reformer son regiment ; le commis, s'il n'y aurait pas quelque changement dans son ministère... le politique, si nous battons les russes ou si les russes nous battent... mais ce qu'il y a de plus drôle... c'est de voir jusqu'au *manœuvre* qui lit le journal de neuf heures à dix, et de deux à trois. Autrefois l'artisan ne songeait qu'à son travail et à ses enfans, à présent, il oublie l'un et l'autre pour s'occuper de politique, et au lieu de boire sa petite goute pour un sol, il se campe sur la poitrine une *bonne colonne du Moniteur*, ou un long *article du Journal des débats*; voila un homme bien restauré ! mœurs du bon vieux tems... qu'êtes-vous devenues !...

CHAPITRE XXVI.

Portraits en miniature.

Il y a autour des galeries du Palais Royal plus de cinquante artistes qui étalent leurs tableaux ; c'est presqu'un muséum en plein air. On y voit les portraits de la marchande de *gâteaux de Nanterre*, du petit homme *à la perruche*, du *gros aveugle* qui chante dans les rues, et ceux de beaucoup d'autres originaux.

Il y a des peintres qui sont modestes, et qui vous *attrappent un homme* en moins de rien. Ils font, pour trente francs, des portraits de *face*, pour vingt francs de *trois quarts*, et pour douze francs de *profil*, et vous êtes aussi bien *fait* d'une manière comme de l'autre.

L'artiste loge toujours dans le passage, au quatrième étage au-dessus de l'entresol, ce qui équivaut à un bel et bon cinquième... *O Art!*

CHAPITRE XXVII.

Termes d'argot.

Les filles appellent un *miche* l'homme qu'elles font monter chez elles, et qui paye.

Les *ruffians*, ou les *souteneurs*, sont des hommes avec qui elles vivent, et qui, dans l'occasion, font le coup de poing pour elles.

Elles appellent les plus jolies femmes

du Palais-Royal celles qui *font le Palais.*

Lorsqu'elles rencontrent quelques nigauts qui les régalent et les payent bien, elles disent qu'elles font *aller le mézière.*

Pingenet est encore le nom qu'elles donnent à leurs amans de cœur. Elles se disent entr'elles : *as-tu vu Pingenet* aujourd'hui ?

Quand un fille est aux Capucins, pour certaine cause, les autres disent qu'elle est à *Nancy* ou à *Pantin.*

Quand elles ont fait une bonne récolte, elles disent que *le beurre a bien rendu* (le beurre veut dire l'argent.)

Mais il faudrait un volume pour expliquer tous les termes dont ces misérables créatures se servent pour s'entendre entr'elles.

CHAPITRE XXVIII.

Couplets.

Ces demoiselles du Palais-Royal ont aussi, quand il le faut, quelques petits couplets à vous chanter. Ils ne sont pas du meilleur ton, mais ils n'en sont pas moins gais pour cela.

Voici la profession de foi d'une de ces demoiselles :

AIR *du Bouffe.*

Je trafique de mes appas,
Je fais *l'état* avec décence ;
L'argent vient, je ne jouis pas :
Pour l'amant est la jouissance.

Le soir, rentrant chez moi sans bruit,
De racrocher je me dispense,
Etant sûre qu'avant minuit,
Le *miché* vient sans qu'on y pense.

Tout le monde connaît cette romance :

Bocage que l'aurore
Embellit de ses pleurs, etc.

On en a fait la parodie, qu'elles chantent de la manière suivante :

Potage à la julienne,
Que j'ai payé trois sous ;
Vieux lapins de garenne
Qui mangiez tant de choux.
Goujons qu'on a fait frire
Dans de l'huile à quinquet :
Pourriez-vous bien me dire
D'où viennent mes hoquets ?

Et toi, dont l'onde pure
A baptisé mon vin ;
Pot à l'eau, ton murmure
Veut m'effrayer en vain.
Non, non, tu ne peux être
Cause de mes tourmens.
Les haricots font naître
Les *soupirs* que je rends.

Et toi, triste gargotte
Où je prends mes repas,
Pour faire une ribotte,
Tu ne me conviens pas.
Aisément on devine,
En voyant ton bouchon,
Que ton chef de cuisine,
N'est qu'un *fichu* cochon.

Couplet sur le bal des Etrangers.

Air *du Bouffe.*

Pauvre Charles où ta conduit
L'amour du jeu, l'amour des filles?
Sans pudeur tu passes la nuit
Avec des Vénus en guenilles.
Si le sort te laisse un écu,
Il est pour Lise ou pour Laurence;
Et voilà, comme au *pince-c.*,
L'argent s'en va sans qu'on y pense.

CHAPITRE XXIX.

De la Prostitution, et des moyens de la rendre moins hideuse.

I.

Diminuer ce scandale abominable en défendant, sous les plus grièves peines, le racrochage dans les jardins publics, et même celui des fenêtres.

II.

Affecter à ces demoiselles une couleur particulière; leur ordonner les grandes plumes *et le rouge.*

III.

Que les inspecteurs n'aient pas l'air de favoriser le libertinage dans les carrefours où les filles s'attroupent, et surtout qu'on saisisse impitoyablement les *vieilles* qui font ce commerce. Le soir, elles excitent les passans; le jour, elles vont de quartier en quartier remarquer les filles d'artisans qu'elles cherchent à débaucher, ou qu'elles enlèvent.

IV.

Qu'on ne permette pas que, sous prétexte de donner des adresses imprimées d'ouvrières en linge ou en modes, on attire la jeunesse et les citoyens de tous les ordres dans les lieux de prostitution.

V.

Qu'on frappe d'amendes énormes et de punition corporelle les scélérates qui recrutent pour les mauvais lieux et qui enlèvent de jeunes filles. Il y a tel sérail où l'on n'admet que des filles de douze, treize et quatorze ans ; à quinze ans on les chasse.

VI.

Qu'on empêche ces petites coquines qui colportent leurs charmes avec tant d'effronterie, d'avoir chez elles et de conduire aux promenades les jeunes enfans qu'elles louent, et qui, dès la bavette, sont les témoins de leur débordemens.

VII.

Punir rigoureusement celles qui dans les rues et sous les arcades étalent leurs charmes sans pudeur. En été, de la première allée, on les voit danser à demi-nues dans leurs entresols mal fermés.

VIII.

Que toute demoiselle en chambre garnie, ou dans ses meubles, eût un métier ou un talent, sous peine de six mois de Salpétrière.

IX.

Balayer en prison cette multitude de M..... qui court les boulevards dès le soir pour indiquer aux amateurs les maisons de prostitutions *in utroque jure.*

X.

Il faudrait enfermer pour la vie la mère qui a pu vendre sa fille.

XI.

J'ordonnerais aux marchandes de modes, dont la plupart ont des magasins pour les amateurs, d'avoir des rideaux de gaze à leurs carreaux, et je voudrais que jamais leurs jeunes ouvrières ne portassent elles-mêmes les ouvrages dans les maisons.

XII.

Obliger toutes les filles de profession

à la visite hebdomadaire du Chirurgien, et à l'ostentation d'un certificat de santé ou de maladie, bien et dûment paraphé du Chirurgien, et du Commissaire, c'est ce qu'on fait.

XIII.

Les contraindre à n'avoir que des lits de deux pieds et demi, pour rendre la coucherie plus rare.

XIV.

Interdire aux filles de loger chez les marchands de vin, au-dessus des cafés et des maisons de jeu, et surtout dans l'hôtel des restaurateurs.

XV.

Obliger les fiacres d'avoir des glaces

pleines, et non des paneaux en bois ou à petits carreaux.

XVI.

Il me semble qu'on diminuerait beaucoup le libertinage d'*occasion*, si les filles n'habitaient ni les entresols, ni même les premiers étages, et sur-tout s'il leur était défendu de se montrer aux fenêtres. C'est de cette distance qu'une femme parée fait illusion. Vue de près, elle n'a souvent sur la face que la faim, la luxure, ou les marques dégoûtantes du mal qui la ronge.

XVII.

Punir de prison et de confiscation de meubles, toute fille *Castor* ou *demi Castor* qui donnerait à jouer.

XVIII.

Raser et renfermer pour un an toute *fille de ce bas monde*, qui se laissera surprendre en flagrant délit aux Champs Elysées, au bois de Boulognes, ou aux environs des salles de Spectacles, où il n'est pas rare qu'elles donnent celui-là.

XIX.

Raser et renfermer toute dévergondée qui dans les rues osera, de nuit ou de jour, se montrer avec le sein découvert. Cela est devenu si commun, qu'elles forcent les passans, et jusqu'aux vieux hommes, à les palper, rendant elles-mêmes la pareille de toute main, malgré la lune et les réverbères.

XX.

Placer une sentinelle à la porte de tous les *Couvens* qu'on se croit obligé de tolérer. Ordonner aux Abbesses de présenter au Commissaire les *Novices* de l'Ordre, afin qu'elles déclarent que c'est librement qu'elles embrassent la profession.

XXI.

Obliger le Commissaire à leur lire tout haut un précis des maux de toute espèce qui les attendent au sein des plaisirs, sans oublier un tableau de la Salpétrière, à laquelle je voudrais qu'elles fissent une visite de précaution.

XXII.

Etablir un Hospice *des Repenties*, où les Madeleines qui se lasseraient du vice pourraient trouver de l'occupation, de l'instruction et de l'indulgence. — Hélas ! en Paradis tout saint n'est pas vierge.

XXIII.

Ne pourrait-on pas assigner un quartier dans chaque faubourg aux femmes de cet état, et reculer des yeux de nos filles et de nos épouses, les obscènes tableaux, les dégoûtantes horreurs qui souillent leurs regards, et adultèrent certainement leur imagination?

En sortant d'une Eglise, de l'Assomption, par exemple, de St. Eustache ou de St. Roch, on n'aurait pas en face, dès la première marche du temple, les agaceries d'une fille en jupon écourté, les jambes croisées devant son balcon, et relevant son sein pour y attirer les regards des *Fidèles*.

Les jeunes filles de nos bourgeois dévorent ces tableaux d'un œil lascif, et croient peut-être que le plaisir est là..... Il n'y a que la misère, le dégoût, la sale crapule, et les maladies les plus *cuisantes* et les plus ignomineuses.

TABLE

DES CHAPITRES.

www.ingramcontent.com/pod-product-compliance
Lightning Source LLC
LaVergne TN
LVHW020318230826
846091LV00003B/714
9782329059754